GUÍA DE LECTURA

Escrita por Sandrine Guihéneuf
Traducida por Marta Sánchez Hidalgo

Paradero desconocido

de Kathrine Kressmann Taylor

Entiende fácilmente la literatura con

ResumenExpress.com

www.resumenexpress.com

KATHRINE KRESSMANN TAYLOR

ESCRITORA ESTADOUNIDENSE

- **Nacida en 1903 en Portland (Estados Unidos)**
- **Fallecida en 1997**
- **Algunas de sus obras:**
  - *Día sin retorno* (1942), novela
  - *Días de tormenta* (2008), novela

Kathrine Kressmann Taylor es americana de origen alemán. Nace en 1903 en Portland (Estados Unidos) y muere en 1997. Después de licenciarse en Literatura y Periodismo, trabaja como correctora y redactora en el ámbito publicitario. En 1928 se casa con Elliott Taylor.

Escribe *Paradero desconocido* impactada por la actitud antisemita de los antiguos amigos alemanes e inspirada por sus cartas. El éxito de esta novela corta, publicada en *Story Magazine*, le permite dedicarse completamente a la escritura. Le siguen *Día sin retorno* (1942), *Días de tormenta* (2008).

PARADERO DESCONOCIDO

UNA CORRESPONDENCIA ATÍPICA

- **Género:** novela epistolar
- **Edición de referencia:** Kressmann Taylor, Kathrine. 2008. *Paradero desconocido*. Traducido por Carmen Aguilar. Barcelona: RBA, colección *Narrativas*
- **Primera edición:** 1938
- **Temáticas:** correspondencia, antisemitismo, venganza, muerte, odio, nazismo

Paradero desconocido, publicada en 1938, tiene forma de correspondencia epistolar ficticia entre dos amigos: un judío americano, Max Eisenstein, y un alemán, Martin Schulse. Son socios en el mundo del arte en San Francisco cuando Martin decide regresar a su país en 1932. Los dos amigos se escriben cartas que tratan tanto de su comercio como de su amistad. A lo largo de la correspondencia, las relaciones entre los dos hombres cambian porque la política tiene un papel cada vez más importante en sus vidas. Su amistad no resiste el ascenso del nazismo ni que Martín adopte los principios de la propaganda hitleriana.

RESUMEN

UNA CORRESPONDENCIA CORDIAL

Max, un americano de origen judío, escribe a su amigo Martin, un alemán, al que quiere como a un hermano. Le pregunta por su vuelta a Alemania (él se ha quedado en San Francisco) y le cuenta cómo van sus negocios comunes en el mercado del arte: están siendo fructíferos a pesar del momento que viven. Sin embargo, siente una cierta vergüenza porque su comercio no es completamente honesto. Le da también noticias de su hermana Griselle, que es actriz, con la que Martin ha tenido una relación y le pide permiso para darle su dirección para que ella pueda ir a verle a Berlín. Su amigo acepta y asegura que la acogerá encantado en su casa llegado el caso.

En su respuesta, Martin le cuenta su mudanza a Alemania. Ha conseguido una casa espléndida y mobiliario de mucho valor por un precio irrisorio. Su mujer, Elsa, está contenta de su situación y de sus tres hijos. Sin embargo, la familia de Elsa tiene menos facilidades: la vida en Alemania es cara.

EL ASCENSO DEL NAZISMO

Max hace partícipe a su amigo de su preocupación por el ascenso del nazismo en Alemania y las persecuciones que sufren los judíos. Además, teme por su hermana Griselle, que ha ido a Alemania, y le pide a su amigo que le dé noticias de ella.

Por desgracia, Martin no ve la situación de la misma forma. Aunque también le preocupen algunas ideas de Hitler, que ya es jefe del Gobierno, sólo puede reconocer el efecto beneficioso que tiene sobre el país y demuestra lealtad al nuevo Gobierno. Además, ha aceptado un cargo en el ayuntamiento.

Su relación cambia poco a poco y Martin se ve obligado a responder a Max a través de un documento de su banco porque piensa que a partir de ese momento es peligroso escribirse de forma privada con un judío. Además, le pide que no le escriba más, salvo en caso de urgencia, y que lo haga en un cheque del banco porque el correo está vigilado.

Martin, unido a la causa hitleriana, está orgulloso del renacimiento de su país. Anuncia también a Max que Heinrich, su hijo mayor, ha entrado en las filas de las Juventudes Hitlerianas. Quiere por tanto interrumpir su correspondencia con Max porque, como era judío, es incapaz de comprender su punto de vista y sólo podrá defender el suyo. Termina la carta con un «Como siempre, tu amigo» (Kressmann 2008, carta 6).

Max, trastornado por esta carta, escribe a Martin por mediación de un amigo americano que va a Alemania. No entiende la actitud de su amigo y piensa que lo único que intenta es evitar la censura y las represalias. Le pide que le tranquilice con un «Sí» para consolarle con la idea de que Martin miente en su última carta. Por desgracia no será el caso: para Martin su amistad pertenece al pasado.

UNA TERRIBLE VENGANZA

Max se siente traicionado. El miedo de perder a su hermana lo empuja a retomar el contacto con Martin, al que suplica que cuide de ella. Por su lado, se ha enterado de que el público ha abucheado a Griselle y que, obligada a esconderse, piensa refugiarse en casa de sus amigos en Múnich. Su preocupación sigue creciendo: no tiene noticias de su hermana y su última carta le llegó devuelta con la indicación: «Paradero desconocido».

Martin le responde para comunicarle la muerte de Griselle. La encontró un día en la puerta de su casa agotada, pero se negó a esconderla para no tener problemas. Con la excusa de ayudarla, le aconsejó que se refugiara en el parque de al lado porque vio a la SA salir del parque. La capturaron y la mataron. Martin termina su carta especificando que no quiere tener nada más que ver con los judíos. Todo contacto con ellos es malo para él porque la seguridad y la censura es cada vez mayor.

Max, totalmente decepcionado, envía un telegrama a Martin en el que pone «aceptar los términos del contrato». Firma con su apellido Eisenstein en lugar de con su nombre. Como sabe que el correo está rigurosamente vigilado, decide por venganza enviarle muchas cartas seguidas en las que escribe muchos números para hacer creer que Martin estaba implicado en un complot judío. Menciona la creación de una Liga de jóvenes pintores alemanes, la vigilancia del mercado y una posible salida de Martin hacia Suiza. También añade el pronóstico del tiempo de forma sospechosa y termina sus cartas con alusiones claras a la religión judía. Le pide a Martin que le envíe las reproducciones de Picasso y acompaña su petición de indicaciones cifradas.

Evidentemente, la censura considera peligrosas estas cartas. Martin le suplica a Max que pare: los nazis lo han convocado por sus misivas y está en peligro de que lo arresten o ejecuten. Ya lo han apartado del consejo municipal: nadie quiere recibirlo ni a él ni a su mujer y han echado a su hijo Heinrich de las Juventudes Hitlerianas.

A pesar de eso, Max sigue con sus cartas. Anuncia una tormenta en el pronóstico del tiempo, insinúa que ocurrirá un suceso importante en Alemania y cita la fecha de exhibición de la Liga que tendrá lugar en Berlín. Escribe que espera que Martin haya conseguido el apoyo necesario en Alemania y le anuncia que ha enviado a una persona a Berlín y a otras ciudades para dejar cuadros. Termina deseándole suerte con su proyecto.

A continuación, le manda la última carta, pero no llegará a su destinatario. Max la recibe devuelta con la indicación «Paradero desconocido».

ESTUDIO DE LOS PERSONAJES

MAX EISENSTEIN

Es un americano de cuarenta años de origen judío, soltero y muy unido a su hermana Griselle. Tiene una galería de arte próspera en San Francisco, la galería Schulse-Eisenstein, con su amigo Martin Schulse, al que considera «un hermano» (Kressmann 2008, carta 7).

Al principio del relato es un hombre íntegro y humanista. Cree mucho en su amistad con Martin. Además, tiene nostalgia de los momentos que ha pasado con su amigo y siente una gran soledad: «La mañana del domingo me encuentra hecho un solterón solitario» (Kressmann 2008, carta 1). Lo halaga, le considera el hombre ideal y sueña con tener una vida como la suya: «la preciosidad de los chiquillos» (Kressmann 2008, carta 1); «Yo no tengo tu refinado tacto» (Kressmann 2008, carta 1).

Está muy preocupado por el ascenso del nazismo y hace a Martin partícipe de su angustia pensando que va a recibir su apoyo. Además, su hermana tiene que ir a Berlín: «si el antisemitismo tiene fuerza real, lo mejor que puede hacer es no aventurarse a meterse en Alemania en estos momentos», dice (Kressmann 2008, carta 5). Además, le pide a Martin que se informe para saber si está en peligro.

Max, entristecido por la actitud de su amigo, que dice que no quiere volver a escribirse con él, piensa y desea en un principio que esta reacción sea por miedo a la censura: «Es tan ajena a tu manera de ser, que sólo puedo atribuir su contenido a tu miedo a la censura», dice a propósito de la carta de Martin (Kressmann 2008, carta 7). Luego comprende que Martin se ha unido a la causa nazi, cree que ha traicionado su amistad (Martin le había dicho: «nunca perderemos la sinceridad de la amistad», carta 4). Después de la muerte de su hermana por culpa de Martin, sólo desea una cosa: vengarla. Prefiere la venganza fría y calculada antes que hablar. Elabora un plan maquiavélico que muestra a un hombre implacable e insensible. Por eso, el contenido de las cartas se vuelve cada vez más comprometedor y revela la idea de un complot de un origen judío en el que Martin estaría implicado. Max usa todos los medios para hacer que Martin sea sospechoso para los nazis: firmará las cartas como Eisenstein y no como Max; abundan los nombres judíos, las fórmulas religiosos son sistemáticas al final de las cartas («Nuestras plegarias te acompañan a diario, querido hermano», Kressmann 2008, carta 14), etc. La segunda parte del relato es la historia de la venganza de Max, que usa la censura y a la policía nazi como herramientas para llegar a su objetivo.

MARTIN SCHULSE

Martin es alemán y tiene cuarenta años. Está casado con Elsa y tiene cuatro hijos (Heinrich, Karl, Wolfang y Adolf). Es dueño de una galería de arte en San Francisco con su amigo Max. En 1932 decide regresar a Alemania, a Múnich, en busca de sus orígenes. Es materialista y se preocupa sobre todo por su nivel de vida. Se alegra de haberse podido comprar una casa inmensa gracias a un «un negocio estupendo» (Kressmann 2008, carta 2) y está contento de «despierten admiración y casi diría envidia» (Kressmann 2008, carta 2).

Cuando llega a Alemania y ve la miseria en la que se encuentra su país, piensa que Hitler puede ayudar. Reconoce que Alemania necesita un líder capaz de sacar al pueblo de la desesperación. Poco a poco empieza incluso a venerar a Hitler («es una suerte de electroshock», dice, carta 4; «¡Ha aparecido un líder!», Kressmann 2008, carta 4). Aunque al principio tenga algunas dudas, pronto encuentra razones para minimizar los actos del dictador: «Son cosas sin mayor trascendencia» Kressmann 2008, carta 4). Por otro lado, como quiere tener un papel en la vida política, adopta un comportamiento oportunista. Martin se transforma por elección propia en un personaje oficial al servicio del nuevo régimen.

A partir de la tercera carta, empieza a proclamar sin vergüenza su antisemitismo y declara que ya le es imposible escribirse con un judío. Se entrega a un verdadero ataque contra la raza judía que, según él, es «un dedo en la llaga para cualquier nación que le dé cobijo» (Kressmann 2008, carta 6).

Demuestra una gran cobardía y falta de tacto cuando anuncia sin miramientos ni remordimientos a su amigo que Griselle, a la que ha querido y de la que decía en la primera carta que la recibiría bien, ha muerto. Justifica no haber intervenido explicándole que habría hecho que su familia corriera muchos riesgos y que habría corrido «el riesgo de que me arrestaran por dar refugio a una judía y perder todo lo que he conseguido llegar a ser aquí» (Kressmann 2008, carta 12). Minimiza su responsabilidad intentando demostrar que no habría podido hacer nada. Llega a contarle que a pesar de todo olvidó por un momento lo que él llama su deber de patriota: tendría que «detenerla y entregársela a las tropas de asalto» (Kressmann 2008, carta 12), pero la dejó huir.

GRISELLE

Griselle Eisenstein es una figura secundaria porque no escribe cartas. Es la hermana pequeña de Max, una actriz con la que Martin tuvo una relación apasionada y tormentosa. Max y Martin coinciden en su belleza. Es apasionada y valiente, tiene éxito en Viena hasta junio de 1933. Aunque su nombre artístico no suene judío, «Sus facciones, sus gestos, la emoción de su voz proclaman su condición de judía, se llame como se llame» (Kressmann 2008, carta 5). Está orgullosa de ser judía y lo proclama a los cuatro vientos. Es orgullosa y no está dispuesta a renunciar a su éxito.

CLAVES DE LECTURA

ESQUEMA NARRATIVO

Situación inicial: es el principio de la historia, el momento en el que se presenta el contexto y los personajes para que el lector comprenda fácilmente el relato.

- El principio muestra una relación de negocios entre los dos personajes, a los que también une una estrecha amistad. Son dos mercaderes de arte: uno, Max Eisenstein, es un judío americano y el otro, Martin Schulse, es alemán. El primero es soltero y vive en San Francisco y el segundo está casado, tiene cuatro hijos, ha regresado a su país natal y vive en Múnich.

Elemento perturbador: es un suceso que perturba la situación inicial.

- Se trata del momento en que Martin le comunica a Max la muerte de Griselle (su hermana, que había ido a Alemania para trabajar como actriz) y de la responsabilidad de Martin en esta desaparición (que ha adoptado la ideología nazi y no ha ayudado a Griselle, Kressmann 2008, carta 12)

Peripecias: son los sucesos provocados por el elemento perturbador.

- Max decide vengarse de Martin. Para ello, sigue escribiéndole cartas haciendo como si estuviera relacionado con un complot judío (en las cartas añade fórmulas rituales judías y simulaciones de códigos) y sabe perfectamente que la policía nazi vigilaba el correo de Martin. Su objetivo es que lo arresten. Por su lado, Martin, impotente, sólo puede suplicarle a Max que pare.

Desenlace y situación final: es el resultado del final de la historia, a veces inesperado.

- La última carta de Max le llega devuelta con la indicación: «Paradero desconocido». Se ha cumplido su venganza: Martin ha muerto.

UNA NOVELA CORTA HISTÓRICA Y EPISTOLAR

El género de la novela corta

Paradero desconocido pertenece al género de la novela corta y presenta las siguientes características:

- es breve: el texto se compone de 19 cartas (ninguna más de cuatro páginas) y un cablegrama;
- se concentra en un único suceso: el final de la amistad de Martin y Max y la venganza del último;
- se desarrolla en un período muy corto: los sucesos que se relatan ocurren entre el 12 de noviembre de 1932 y el 3 de febrero de 1934, es decir, en un período de apenas quince meses y medio;
- los personajes no son numerosos: en *Paradero desconocido* sólo hay tres personajes (Max Eisenstein, Martin Schulse y Griselle Eisenstein);

- presenta un desenlace inesperado o sorprendente: la última carta de Max llega devuelta con un sello de correos que indica que no han encontrado al destinatario.

Una novela histórica

El telón de fondo del relato es el ascenso del nazismo. La llegada de Hitler al poder es fundamental en la historia, puesto que el hecho de que Martin se afilie a la ideología nazi termina su amistad con Max y tendrá terribles consecuencias. Por eso se puede decir que *Paradero desconocido* es una novela histórica. El relato histórico tiene como característica principal mezclar elementos reales y ficticios, lo que ocurre en este caso: por una parte, Taylor sitúa el relato en un marco histórico real y, por otro lado, los personajes de Max y Martin son ficticios al igual que su correspondencia e historia personal.

En concreto, la correspondencia de los dos amigos informa al lector de la evolución de la situación política en Alemania entre 1932 y 1934, años en los que Hitler se impone poco a poco. Por eso las cartas mencionan hechos históricos precisos:

- se nombre canciller al general Schleicher porque Hitler no obtiene todos los poderes (Kressmann 2008, carta 2);
- el 23 de marzo de 1933, Hitler obtiene todos los poderes (Kressmann 2008, carta 4);
- el 4 de julio de 1933, el partido católico se disuelve (Kressmann 2008, carta del 18 de agosto de 1933);
- el 1 de diciembre de 1933, se vota la ley que proclama la unidad entre el partido de Hitler y el Estado (Kressmann

2008, carta 12);

- 27 de enero de 1934: la Iglesia evangélica declara su lealtad a Hitler (Kressmann 2008, carta 17).

Una novela epistolar

Finalmente, *Paradero desconocido* es también una novela epistolar en el sentido de que está compuesta únicamente por las cartas que se escriben Max y Martin. Están presentes muchas características de los relatos epistolares:

- en todas las cartas hay un encabezamiento que indica el destinatario;
- hay indicaciones de la presencia del destinatario en el cuerpo de la carta;
- el emisor menciona el sitio y el momento de la redacción;
- todas las cartas terminan con una fórmula de cortesía o de despedida y la firma.

El universo de ficción creado por el género epistolar se apoya en la ilusión de la autenticidad y de lo natural. Se tiene la impresión de que se trata de una verdadera correspondencia.

Hay que precisar que como el relato consiste en la correspondencia entre Martin y Max, encontramos la figura retórica de la litote. Es una figura de estilo que consiste en decir menos para hacer sentir más. Como sólo están las cartas de los dos amigos, el lector no puede acceder a toda la información, porque no interviene ningún narrador externo para explicar algunos elementos mencionados únicamente en las cartas. Esto hace que el lector sea más activo. El mejor ejemplo es el trato al personaje de Griselle: es un personaje central porque toda la intriga gira a su alrededor, pero sólo la conocemos a través de Max y de Martin.

PARA IR MÁS ALLÁ

EDICIÓN DE REFERENCIA

- Kressmann Taylor, Kathrine. 2008. *Paradero desconocido*. Traducido por Carmen Aguilar. Barcelona: RBA, colección *Narrativas*.